아트
Art

ART

by Yasmina Reza

야스미나
레자의
희곡

아트
Art

야스미나 레자

박선희 옮김

mujintree
뮤진트리

세르주 골드잘에게 고마움을 전한다

마르크.

세르주.

이방.

어느 아파트의 거실.

가능한 한 무심하고 단순한, 단 하나의 무대장치.

장면은 세르주, 이방, 마르크 집에서 연이어 전개된다.

전시된 그림 말고, 달라지는 건 없다.

마르크, 홀로.

마르크 내 친구 세르주가 그림을 하나 샀어요. 대략 160×
120센티 크기의 캔버스에 흰색으로 그린 그림이
죠. 바탕은 희고, 실눈을 뜨고 보면 가로로 미세하
게 그려진 흰 띠를 볼 수 있어요. 내 친구 세르주는
오랜 친구입니다.
아주 성공한 남자이고, 피부과 의사인데, 예술을
사랑하지요.
월요일에 나는 세르주가 몇 달 전부터 눈독 들이다
가 토요일에 샀다는 그림을 보러 갔어요.
흰색 가로띠가 있는 흰색 그림 말입니다.

세르주의 집.
흰색 가로띠가 가늘게 그려진 흰색 그림이 바닥에 놓여 있다.
세르주는 흡족한 표정으로 그 그림을 바라본다.
마르크는 그림을 바라본다.
세르주는 그림을 바라보는 마르크를 바라본다.

긴 시간 동안 모든 감정이 말없이 표현된다.

마르크   비싸?

세르주   20만….

마르크   20만…?

세르주   핸팅턴이 22만에 다시 산대.

마르크   그게 누군데?

세르주   핸팅턴?!

마르크   몰라.

세르주   핸팅턴! 핸팅턴 갤러리!

마르크   핸팅턴 갤러리에서 그걸 다시 22만에 산다고?

세르주   아니, 갤러리가 아니라 그 사람이. 핸팅턴이. 자기
         를 위해.

마르크   그러면 왜 그 사람이 직접 사지 않은 거야?

세르주   왜냐하면 그 사람들이야 개인에게 파는 게 좋으니
         까. 시장이 돌아야 하니까.

마르크   그렇구나….

세르주   어때?

마르크   ….

아트   9

세르주   거기 말고. 여기 서서 봐. 선 보이지?

마르크   이름이 뭐야 저 사람….

세르주   화가? 앙트리오스.

마르크   유명해?

세르주   아주. 많이!

사이.

마르크   세르주, 설마 이 그림을 20만 프랑에 산 건 아니지?

세르주   친구, 그 가격이 맞아. 앙트리오스의 그림이잖아!

마르크   설마 이 그림을 20만 프랑에 산 건 아니지!

세르주   네가 삐딱하게 샐 줄 내 진즉에 알았지.

마르크   너, 이 허접한 걸 20만 프랑에 샀다고?

*

세르주, 독백.

세르주   내 친구 마르크는 똑똑한 남자예요. 내가 오래전부터 높이 평가하고 있는 친구죠. 항공 엔지니어로 사회적 지위도 안정되고, 모더니티의 적을 자처하면서 거기서 이해할 수 없는 허영심을 끌어내는 신종 지식인에 속하지요.

그리운 옛날을 신봉하는 이 친구는 얼마 전부터 정말이지 아연실색할 교만을 드러내고 있어요.

*

같은 인물.

같은 장소.

같은 그림.

세르주   (잠시 뜸을 들였다가)… 어떻게 너는 "이 허접한 걸"이라고 말할 수 있어?

마르크   세르주, 유머가 좀 있어야지! 웃어! 웃으라고, 친구. 네가 이 그림을 산 건 굉장한 일이야!

마르크는 웃는다.

세르주는 여전히 냉랭하다.

세르주 네가 이 구매를 굉장하다고 생각하고, 그게 웃긴다면 다행이지만, 내가 알고 싶은 건 "이 허접한 것"이 무슨 뜻이냐는 거야.

마르크 너 날 무시하는 거야?

세르주 그게 아니라. 뭐에 비교해서 이게 "허접"하다는 거냐고? 무언가를 허접하다고 말할 때는 그렇게 평가할 기준이 있어야 하잖아.

마르크 너 지금 누구한테 말하는 거야? 누구한테 말하는 거냐고? 어이, 어이…!

세르주 넌 현대미술에 관심 없잖아. 한 번도 관심 가져본 적 없지. 이 분야에 대해서는 쥐뿔도 모르면서 어떻게 네가 알지 못하는 법칙을 따르는 무언가를 허접하다고 말할 수 있지?

마르크 이건 허접해. 미안하지만.

*

세르주, 혼자.

세르주   저 자식은 이 그림을 좋아하지 않아.

그래….

저 자식의 태도에 애정이라곤 보이지 않아.

노력할 기미도 안 보이고.

비난하는 방식에도 전혀 애정이 없어.

음흉하고 거드름 피우는 웃음이나 짓고.

난 저 웃음이 싫었어.

마르크, 혼자.

마르크   세르주가 저런 그림을 사다니, 도무지 이해할 수

없고 염려스러워서 마음이 무지 불안해져.

그래서 그 집에서 나오면서 폴라가 말해준 대로 겔

세뮴 세 알을 먹지 않을 수 없었지 — 말이 나왔으

니 하는 말이지만, 폴라는 이렇게 말했어. 겔세뮴

아니면 이그나시아? 겔세뮴이 좋아 아니면 이그나
시아가 좋아? 그걸 내가 어찌 알아?! — 친구 세르
주가 어떻게 그런 그림을 살 수 있었는지 도무지 이
해할 수가 없어서 난 약을 안 먹을 재간이 없었어.
20만 프랑이라니!

부유한 친구지만 돈방석을 깔고 앉은 정도는 아니
고. 좀 넉넉할 뿐이지. 넉넉해도 그렇지. 허연 그림
한 점을 20만에 사다니. 우리 둘 다 잘 아는 친구
이방에게 물어보고 얘기를 나눠봐야겠어. 이방이
너그러운 녀석이라는 점은 인간관계에서는 최악의
결점이야. 이방이 너그러운 건 신경을 쓰지 않기
때문이니까.

세르주가 저런 허연 허접쓰레기를 20만에 샀다는
걸 만약 이방이 너그럽게 용인한다면 그건 그 자
식 안중에 세르주가 없다는 뜻이지. 확실해.

*

이방의 집.

벽에는 고루한 그림 한 점이 걸려 있다.

이방은 등을 보이고 네 발로 엎드려 있다.

가구 밑에서 뭔가를 찾고 있는 듯하다.

그가 일어서서 자신을 소개한다.

이방   내 이름은 이방입니다.

섬유업계에서 평생을 보냈고, 이제 막 문구 도매업에서 영업사원 일자리를 얻었지요.

나는 꽤 괜찮은 남자예요. 직업에서는 늘 실패했지만, 보름 후면 똑똑하고 상냥하고 집안도 좋은 여자와 결혼할 예정이고요.

마르크가 들어온다.

이방은 다시 등을 돌리고 몸을 숙여 뭔가를 찾는다.

마르크   뭐해?

이방   내 수성펜 뚜껑 찾고 있어.

사이.

마르크   이제, 그만 찾아.

이방   5분 전까지 있었는데 말이야.

마르크   중요한 것 아니잖아.

이방   중요해.

같이 찾으려고 마르크도 몸을 숙인다.

둘이서 한동안 찾는다.

마르크가 다시 몸을 일으킨다.

마르크   그만해. 새 걸로 하나 사.

이방   특별한 수성펜이라고. 모든 재료에 그릴 수 있거
       든… 짜증나. 물건들이 얼마나 나를 짜증나게 하는
       지 넌 모를 거야. 5분 전만 해도 꼭 쥐고 있었는데.

마르크   둘이서 여기서 살 거야?

이방   신혼부부에게 괜찮을 것 같아?

마르크   신혼부부! 하! 하!

이방   카트린 앞에서는 그렇게 웃지 마.

마르크   문구 일은?

이방   배우고 있어.

마르크	너 말랐네.
이방	조금. 이 뚜껑을 못 찾아서 짜증나. 곧 잉크가 말라버릴 텐데. 앉아.
마르크	그 뚜껑 계속 찾을 거면, 난 갈래.
이방	오케이. 그만 찾을게. 뭐 마실래?
마르크	페리에, 있으면 줘.
	너, 최근에 세르주 본 적 있어?
이방	못 봤는데. 너는?
마르크	어제 봤지.
이방	잘 지내?
마르크	아주 잘 지내.
	그림 하나를 샀더라고.
이방	아 그래?
마르크	음.
이방	멋져?
마르크	허얘.
이방	허얘?
마르크	허얘.
	상상해봐. 대략 160×120센티 크기의 그림인데…

바탕은 하얗고… 완전히 하얗고… 대각선으로 가
늘게 흰색 가로줄이 있어… 알겠지…. 어쩌면 아
래쪽으로 흰 수평선도 하나 있었던 것 같기도 하
고….

이방　넌 그걸 어떻게 봐?

마르크　뭐라고?

이방　흰 선들 말이야. 바탕이 흰데 흰 선을 어떻게 보냐
고?

마르크　보이니까. 선들이 살짝 회색이던가, 아니면 그 반
대이던가. 그러니까 흰색에 살짝 뉘앙스 차이가 있
어! 흰색이라도 어느 정도 차이가 있잖아!

이방　화내지 마. 왜 화를 내?

마르크　네가 트집부터 잡잖아.

　　　　내가 말을 끝내게 두질 않고!

이방　좋아. 그래서?

마르크　좋아, 그러니까, 어떤 그림인지 상상이 되지?

이방　상상돼.

마르크　그럼 세르주가 그 그림에 얼마를 지불했을지 알아
맞혀 봐.

이방	화가가 누군데?
마르크	앙트리오스. 너 알아?
이방	아니. 인기 있는 사람이야?
마르크	네가 그런 질문 할 줄 알았어!
이방	논리적이잖아….
마르크	아니, 논리적이지 않아….
이방	논리적이지. 값을 추측해보라고 하니, 그림값은 화가의 급에 따라 다르다는 건 너도 알잖아….
마르크	그 그림을 이런저런 기준에 따라 평가해보라는 게 아냐. 전문적인 평가를 해보라는 게 아니라고. 너 같으면 다른 색이 살짝 섞인 흰색 가로 선이 그어진 그림에 얼마를 지불하겠냐고 묻는 거야.
이방	한 푼도 안 내지.
마르크	그렇지. 그런데 세르주는 어땠을까? 아무 숫자나 말해봐.
이방	만.
마르크	하! 하!
이방	5만!
마르크	하! 하!

이방	10만⋯.
마르크	좀 더 써봐⋯.
이방	15⋯ 20만?!
마르크	20. 20만 프랑.
이방	설마?!
마르크	맞아.
이방	20만 프랑??!
마르크	⋯20만.
이방	⋯그놈이 미쳤구나!
마르크	그렇지?

약간의 사이.

이방	어쩌면⋯.
마르크	어쩌면 뭐?
이방	그런 걸 사고 좋아한다면⋯ 그 친구가 돈을 잘 번다는 거잖아⋯.
마르크	넌 매사를 그렇게 보는구나.
이방	왜? 너는 어떻게 보는데?

마르크	진짜 심각한 게 뭔지 안 보여?
이방	어… 안 보여….
마르크	네가 이 이야기에서 핵심을 보지 못한다는 게 이상해. 넌 외적인 것만 보고 있어. 심각한 건 못 보고.
이방	뭐가 심각한데?
마르크	이 일이 뭘 의미하는지 안 보여?
이방	…너 캐슈넛 먹을래?
마르크	세르주가 갑자기, 정말 희한한 방식으로, '콜렉터' 행세를 하는 걸 못 보다니.
이방	오호….
마르크	이제 우리의 친구 세르주는 위대한 예술 애호가 명사들에 낀 거야.
이방	그건 아니지…!
마르크	물론 그건 아니지. 그런 가격으로는 아무 데도 끼지 못해. 그런데 세르주는 그렇게 생각하는 거지.
이방	아 그렇군….
마르크	넌 아무렇지도 않아?
이방	어. 그 친구가 좋다면야.
마르크	그 친구가 좋다면야, 라니 그게 무슨 말이야?! 그놈

의 "그게 좋다면" 철학이 대체 뭐냐고?

이방 타인에게 피해만 안 간다면….

마르크 타인에게 피해가 간다고! 바로 내가 불안해졌고. 불안해졌을 뿐 아니라, 심지어 상처까지 받았어. 내가 좋아하는 세르주가 속물근성에 사로잡혀 분별력을 깡그리 잃는 꼴을 보고 말이야.

이방 넌 그 친구를 새롭게 발견한 표정이네. 걔는 늘 우스운 꼴로 갤러리들을 찾아다녔어. 항상 전시장을 드나드는 쥐였다고….

마르크 걔가 늘 쥐였던 건 맞지만, 우리가 함께 웃을 수 있는 쥐였지. 사실 내가 정말로 상처 입은 건 이젠 그 친구와 함께 웃을 수 없다는 사실 때문이야.

이방 그럴 리가!

마르크 그렇다니까!

이방 시도해봤어?

마르크 물론이지. 난 웃었어. 좋은 마음으로. 내가 달리 어쩌겠어? 근데 그 친구는 이를 꽉 물고 있었다고. 하긴 웃어넘기기엔 20만 프랑이 좀 비싸긴 하지.

이방 그렇긴 하네.

(그들은 웃는다.)

나랑은 웃을 거야.

마르크   과연 그럴까. 캐슈넛이나 더 줘봐.

이방   웃을 거야. 두고 봐.

*

세르주의 집.

세르주는 이방과 함께 있다. 그림은 보이지 않는다.

세르주   …장인장모랑 사이는 좋아?

이방   아주 좋지. 그분들은 그동안 불안정한 직업만 전전
해온 청년이 이제는 고급 송아지 가죽을 만지게 되
었다고 말해… 내 손 위에 뭔가가 있는데, 이게 뭐
지…?

(세르주는 이방의 손을 자세히 살핀다)… 심각한 거야?

세르주   아니.

이방   다행이네. 별일 없어?

세르주   없어. 일이 많았고. 피곤해. 너를 보니 좋다. 너는

절대로 나한테 전화 걸지 않잖아.

이방   너한테 방해될까 봐 그랬지.

세르주   무슨 소리야. 비서한테 네 이름을 남기면 내가 바
        로 전화할 텐데.

이방   네 말이 맞아.

        네 집은 점점 더 수도원 같네….

세르주   (웃으며) 그렇지…!

        최근에 마르크 본 적 있어?

이방   아니, 최근엔 못 봤어.

        넌 봤어?

세르주   이삼 일 전에 봤지.

이방   잘 지내나?

세르주   잘만 지내던데.

이방   그래?

세르주   아니, 그렇지만 잘 지내긴 하더라.

이방   일주일 전에 전화 통화는 했었는데, 잘 지내는 것
        같았어.

세르주   그래, 그래, 잘 지내.

이방   네 표정은 그 친구가 그리 잘 지내지 않더라고 말

하는 것 같은데.

세르주 아냐, 잘 지내더라고 말했잖아.

이방 잘만 지내더라고 했지.

세르주 그랬지. 잘만. 그렇지만 그 친구는 잘 지내.

긴 사이.

이방은 거실에서 서성인다….

이방 외출 좀 했어? 뭐 본 것 있어?

세르주 아니. 난 나갈 형편이 못 돼.

이방 어?

세르주 *(쾌활하게)* 나 파산했어.

이방 그래?

세르주 뭐 보기 드문 것 보여줄까? 보고 싶어?

이방 물론이지! 보여줘!

세르주는 나가서 앙트리오스 작품을 들고 돌아와서는 그림을 돌려 이방 앞에 내려놓는다.

이방은 그림을 바라보며 이상하게도 자신이 생각한 것처럼 기꺼이 웃지 못한다.

이방이 그림을 바라보고 세르주가 이방을 바라보며 긴 시간이 흐른다.

이방   아 그래. 그래, 그래.

세르주 앙트리오스야.

이방   그렇지, 그래.

세르주 70년대의 앙트리오스. 잠깐만. 요즘도 비슷한 화풍으로 그리고 있긴 하지만, 이건 70년대 작품 중 하나야.

이방   그래, 그래.
          비싸?

세르주 절대적으로 보면 비싸지만, 사실 비싼 건 아냐. 마음에 들어?

이방   아 그럼, 그럼, 그럼.

세르주 명료하지.

이방   명료해, 그래… 그래… 그리고 동시에….

세르주	끌림이 느껴지지.
이방	음… 그래….
세르주	떨림은 안 느껴지나 보네.
이방	…약간….
세르주	아냐, 아냐. 네가 낮에 와야 해. 단색화의 떨림은 인위적인 빛 아래에서는 안 느껴져.
이방	흠, 흠.
세르주	사실, 단색화도 아니지만!
이방	아니지…!
	얼마야?
세르주	20만.
이방	…그렇구나.
세르주	그래.

침묵.

갑자기 세르주가 웃음을 터뜨리고, 이내 이방이 따라 웃는다.

둘은 진심으로 폭소한다.

| 세르주 | 미쳤지, 안 그래? |

이방	미쳤네!
세르주	20만 프랑!

그들은 진심으로 웃는다.

웃음을 그친다. 서로를 바라본다.

다시 웃는다.

그러다 다시 웃음을 그친다.

웃음이 가라앉자,

세르주	마르크도 이 그림 본 것 알아?
이방	아 그래?
세르주	충격받았나 봐.
이방	그래?
세르주	이걸 허접하다고 말했어. 정말이지 부적절한 말이었어.
이방	그렇네.
세르주	이걸 허접하다고 말할 순 없지.
이방	그렇지.
세르주	뭐라고 말해야 할지는 모르겠지만 "허접"하다고 할

수는 없지.

이방   너 그 친구 집에 가봤잖아.

세르주   볼 게 아무것도 없지. 네 집도 비슷하지만…. 내 말
        은, 너야 그런 것 신경 안 쓰니까.

이방   걔는 고전적이잖아. 고전적인 사람에게 뭘 바라….

세르주   그 자식은 조롱하듯 웃었다고. 매혹된 기미도 없
        고… 유머의 기색도 없이.

이방   마르크가 충동적이라는 걸 오늘 새삼 발견한 건
        아니잖아.

세르주   그 자식에겐 유머가 없어. 내가 너랑은 웃잖아. 그
        자식과 함께 있으면 얼어붙게 돼.

이방   그 친구가 요즘 좀 어둡긴 해.

세르주   이 그림에 대해 감각이 예민하지 못하다고 비난하
        는 건 아냐. 그 친구는 이런 교육을 못 받았으니까.
        걔는 배우지 못한 게 많지. 그러고 싶지 않았던 건
        지 아니면 그런 성향이 없었던 건지 몰라도 그런
        건 중요치 않아. 내가 못마땅한 건 그 친구의 말투
        이고, 자만이고, 요령부득이야. 몰지각을 비난하는
        거지. 현대예술에 관심이 없다고 비난하진 않아. 난

그런 건 신경 안 써, 그런 것과 상관없이 그 친구를 좋아하니까….

이방 그 친구도 그래…!

세르주 아냐, 아냐, 아냐, 아냐. 지난번에 그 자식한테서 일종의 교만을… 신랄한 빈정거림을 느꼈다고….

이방 절대로 아냐!

세르주 절대로 맞아! 모든 걸 두루뭉술하게 만들려고 애쓸 것 없어. 인류의 위대한 화해자로 나서는 것 좀 그만둬! 마르크가 암처럼 고약해지고 있다는 걸 인정하라고. 마르크는 고약해지고 있다고.

침묵.

마르크의 집.

벽에는 창밖 풍경을 그린 구상화 한 점이 걸려 있다.

이방 우리는 웃었어.

마르크 네가 웃은 거겠지?

이방 우리가 웃었다니까. 둘 다. 웃었다고. 카트린의 머리를 걸고 맹세하는데 우린 함께 웃었어.

마르크	네가 그걸 허접하다고 말했고, 둘이서 웃었다는 거지.
이방	아니, 난 그걸 허접하다고 말하지 않았고, 우리는 본능적으로 웃었어.
마르크	너는 거기 도착해서 그림을 보고 웃었고. 그 친구도 웃었구나.
이방	그래. 네가 그렇게 생각하고 싶다면. 두세 마디 주고받고 나서 그렇게 흘러갔지.
마르크	그리고 걔가 진심으로 웃었고.
이방	아주 진심으로.
마르크	그럼 내가 틀렸네. 차라리 다행이네. 정말이지 마음이 놓여.
이방	심지어 더 다행인 걸 얘기해줄게. 세르주가 먼저 웃었어.
마르크	먼저 웃은 사람이 세르주라고….
이방	그래.
마르크	걔가 웃었고, 네가 나중에 웃었단 말이지.
이방	그래.
마르크	그런데 그 친구는 왜 웃었대?

이방	내가 웃을 거라는 걸 느끼고 웃었겠지. 나를 편하게 해주려고 웃었다고 할까.
마르크	걔가 먼저 웃었다면 아무 의미 없는 거야. 걔가 먼저 웃은 건 네 웃음을 예방하려는 거니까. 그건 그가 진심으로 웃은 게 아니지.
이방	기꺼이 웃었다니까.
마르크	기꺼이 웃었어도 좋은 이유로는 아니지.
이방	좋은 이유가 뭔데? 혼란스러워.
마르크	그 친구는 자기 그림의 우스꽝스러움 때문에 웃은 게 아니었어. 걔와 너는 같은 이유로 웃은 게 아니라고. 넌 그림에 대해 웃었고, 그 친구는 네 마음에 들려고, 네 음역에 맞추려고 웃은 거야. 네가 일 년이 걸려도 벌지 못하는 돈을 그림 한 점에 투자할 수 있는 미학자이면서도 너랑 함께 깔깔대며 웃을 수 있는 우상파괴자 친구임을 보여주려고 웃은 거지.
이방	흠, 흠… *(짧은 침묵)* 있잖아….
마르크	왜….
이방	네가 들으면 놀랄 텐데….

마르크 뭔데….

이방 난 그 그림이 좋지도 않았지만… 싫지도 않았어.

마르크 물론 그렇겠지. 눈에 안 보이는 걸 싫어할 순 없잖아. 아무것도 아닌 걸 어떻게 싫어해.

이방 아냐, 뭔가가 있어….

마르크 뭐가 있는데?

이방 아무것도 없진 않아.

마르크 농담하는 거야?

이방 난 너만큼 엄격하진 않아. 그건 하나의 작품이야. 어떤 사유가 뒤에 깔려 있어!

마르크 사유라고!

이방 사유가 있어.

마르크 무슨 사유?

이방 그건 어쩌다 그린 작품이 아니라 어떤 계획된 노정에 자리하고 있는 예술작품이라고.

마르크 하! 하! 하!

이방 웃어. 웃어.

마르크 세르주가 하는 바보 같은 소리를 네가 그대로 따라 하잖아! 걔가 그런 말을 할 때는 보기 딱했는데 네가 하니까 희극적이네!

이방 있잖아, 마르크, 네 자만을 경계해야 할 거야. 넌 신
랄하고 불쾌한 인간이 되어가고 있어.

마르크 잘됐네. 나는 가면 갈수록 사람들에게 거슬리고
싶으니까.

이방 브라보.

마르크 사유라니!

이방 너랑은 도무지 말을 할 수가 없어.

마르크 …그림 뒤에 어떤 사유가 있다고…! 네가 보는 건
허접쓰레기이지만, 안심해, 안심해, 그 뒤에 한 가
지 사유가 있으니까…! 넌 이 풍경 뒤에 어떤 사유
가 있다고 생각해…? *(그는 벽에 걸린 그림을 가리킨
다.)* 아냐? 그림이 너무 연상적이지. 너무 많은 걸
말하고 있어. 모든 게 화폭 위에 있잖아! 여기엔 사
유가 있을 수 없지…!

이방 너, 신났구나.

마르크 이방, 네 이름을 걸고 표현해봐. 네가 느끼는 대로
말해보라고.

이방 난 어떤 떨림을 느껴.

마르크	떨림을 느낀다고…?
이방	넌 내가 그 그림을 높이 평가할 수 있다는 사실을 부정하고 있어!
마르크	물론이지.
이방	왜?
마르크	왜냐하면 난 널 아니까. 넌 관대함만 제외하면 양호한 남자니까.
이방	너도 그렇잖냐고 말하진 못하겠네.
마르크	이방, 내 눈을 똑바로 봐.
이방	보고 있잖아.
마르크	너 세르주의 그림에 감동했어?
이방	아니.
마르크	대답해봐. 곧 넌 카트린과 결혼하잖아. 그런데 결혼 선물로 그 그림을 받는다면. 좋아? 좋냐고…?

*

이방, 혼자.

이방   물론 난 안 좋아. 그런데 난 뭐든 전반적으로 좋아
       하질 않아. 난 좋아, 라고 말하는 사람이 못 돼.
       난 내가 좋다고 말할 수 있을 무언가를… 어떤 사
       건을 찾고 있어…. 언젠가 우리 어머니가 내게 무심
       코 물었지. 넌 결혼하는 게 좋니? 결혼하는 게 그
       저 좋냐고…? 물론이죠, 물론이죠, 엄마….
       물론이라니? 좋으면 좋고, 좋지 않으면 좋지 않은
       거지, 물론이라는 건 무슨 뜻이냐…?

                          *

세르주, 혼자.

세르주   내 눈에 이 그림은 하얗지 않아.
       내가 혼자 말할 때는 객관적으로 말하고 싶어.
       객관적으로 이 그림은 하얗지 않아.
       바탕은 흰색이지만, 회색 톤의 그림이지….
       심지어 빨강도 있어.
       그림이 아주 파리하다고 말할 수는 있지.

그냥 하얗기만 했다면 내 마음에 들지 않았을 거야.
마르크는 이걸 하얗다고 보지…. 그게 그 친구의
한계야….

마르크가 이걸 하얗다고 보는 건 이것이 하얗다는
생각에 갇혀 있기 때문이야.

이방은 그렇지 않아. 이방은 이것이 하얗지 않다는
걸 보지.

마르크가 저 원하는 대로 생각하든 말든 난 신경
끄겠어.

*

마르크, 혼자.

마르크   이그나시아를 먹었어야 했어.

왜 내가 이렇게까지 단호하게 굴지?!

세르주가 현대미술에 조롱당하는 게 사실 나랑 무
슨 상관이라고…?

아냐, 심각한 일이야. 그렇지만 그 친구에게 다른

식으로 말했어야 했어.

조금 더 중재적인 어조를 찾았어야 했어.

나의 절친이 허연 그림을 사는 걸 물리적으로 견디

지 못하더라도 그 친구를 화나게 하진 말아야 해.

상냥하게 말해야 해.

앞으로는 상냥하게 말해야겠어…

*

세르주의 집.

세르주   너 웃을 준비 됐어?

마르크   말해봐.

세르주   이방이 앙트리오스를 좋아했어.

마르크   어디 있는데?

세르주   이방 말이야?

마르크   앙트리오스.

세르주   다시 보고 싶어?

마르크   보여줘.

세르주 네가 찬성하게 될 줄 알았어…!

(그는 가서 그림을 들고 온다. 응시하는 동안 잠시 침묵이 흐른다.)

이방은 포착했어. 보자마자.

마르크 흠, 흠….

세르주 좋아, 들어봐. 이 작품 때문에 무거워지지 말자고. 인생은 짧아…. 너, 이 책 읽었어? *(그는 세네카의 《행복한 삶에 대하여》를 집어들더니 마르크 바로 앞에 놓인 앉은뱅이 탁자 위로 던진다.)* 이걸 읽어봐. 걸작이야.

마르크는 책을 펼쳐 들고 뒤적인다.

세르주 모데르니심modernissime! 대단히 현대적이야. 네가 그걸 읽으면 다른 건 읽을 필요도 없을 거야. 사무실, 병원, 매주 아이들을 봐야 한다고 선언한 프랑수아즈—아이들에겐 아버지가 필요하다는 게 프랑수아즈의 요즘 생각이야—사이에서 난 요즘 책 읽을 시간도 없어. 그래서 바로 핵심으로 갈 수밖에 없지.

마르크 　…결국 그림에서나 마찬가지네…. 네가 형태와 색
채를 제거하고 좋은 결과를 얻었듯이 말이지. 두
찌꺼기들.

세르주 　그래…. 그렇지만 난 좀 더 구상적인 그림도 좋아
할 수 있어. 이를테면 너의 하이퍼 플랑드르 그림
말이야. 매우 보기 좋아.

마르크 　그 그림에 무슨 플랑드르 풍이 있어? 그건 카르카
손 전경인데.

세르주 　그래, 그렇지만… 약간의 플랑드르 취향이 있어….
창문, 풍경… 그… 뭐든, 아주 예쁜 그림이야.

마르크 　그게 아무 가치도 없는 그림이라는 걸 너도 알잖아.

세르주 　가치 따윈 난 신경 안 써…! 게다가 나중에 앙트리
오스가 얼마나 값이 나갈지는 오직 하느님만 아실
테니…!

마르크 　…있잖아, 내가 생각해봤는데. 생각해봤는데, 관점
이 달라졌어. 하루는 파리에서 차를 몰면서 너를
떠올렸고, 이렇게 혼잣말을 했지. 따지고 보면 세
르주의 행동이야말로 진짜 시詩를 품은 것이 아닐

까…? 이렇게 당치않은 구매를 한 것이 대단히 시적인 행동이 아닐까?, 하고.

세르주 너 오늘은 아주 순하네! 널 못 알아보겠어.

그렇게 감미롭고 너그러운 말투로 말하니 너랑 어울리지 않아.

마르크 아냐, 아냐, 분명히 말하지만 난 마땅한 벌금을 치르는 거야.

세르주 마땅한 벌금이라니 왜?

마르크 난 너무 예민하고 너무 신경질적이고 사물을 액면 그대로 봐…. 내겐 지혜가 부족해.

세르주 세네카를 읽어봐.

마르크 저런. 이를테면, 네가 나한테 "세네카를 읽어봐"라고 말하는 게 날 화나게 할 수도 있었을 거야. 이 대화에서 네가 내게 "세네카를 읽어봐"라고 말한다는 사실에 난 화가 치밀 수도 있었을 거라고. 터무니없지!

세르주 아냐. 아냐. 터무니없지 않아.

마르크 그래?

세르주 그래. 그건 네가 뭘 감지했다고 생각하기 때문이니까….

마르크 내가 화났다고는 말하지 않았어….

세르주 네가 화날 수도 있었을 거라고 말했잖아….

마르크 그래, 그래, 그럴 수도 있었을 거라고….

세르주 네가 화날 수도 있었을 거라는 걸 이해해. 왜냐하면 "세네카를 읽어봐" 속에서 너는 나의 자만을 감지했다고 생각할 테니까. 넌 네게 지혜가 부족하다고 말하는데, 난 네게 "세네카를 읽어봐"라고 대답하니, 혐오스럽잖아!

마르크 그렇지!

세르주 그런데 네게 지혜가 부족한 건 사실인가 봐. 내가 '세네카를 읽어봐'라고 말한 게 아니라 "세네카를 읽어봐!"라고 했는데 말이야.

마르크 그렇네, 그래.

세르주 사실 네게 부족한 건 유머야. 그뿐이라고.

마르크 확실히 그래.

세르주 마르크, 네겐 유머가 부족해. 정말이지 유머가 부족해. 지난번에 이방과 나는 이 점에 동의했어. 네게 유머가 부족하다는 데 말이야. 근데 이 친구는 뭐 하는 거지? 제시간에 올 줄을 몰라, 세상에! 영화 시간을 놓쳤잖아!

마르크   ···이방이 내가 유머가 부족하다고 생각한다고···?

세르주   이방도 나처럼 요즘 네가 유머가 조금 부족하다고 말했어.

마르크   너희들이 지난번에 만났을 때 이방이 네 그림을 아주 좋아한다고 했고, 내가 유머가 부족하다고 말했다는 거지···.

세르주   그래, 그거야. 그림은 정말이지 많이 좋아했어. 그리고 진심으로··· 너 뭐 먹는 거야?

마르크   이그나시아.

세르주   너 이제 동종요법을 믿는구나.

마르크   난 아무것도 믿지 않아.

세르주   이방이 많이 마른 것 같지 않아?

마르크   부인도 말랐던데.

세르주   결혼 준비에 시달리나 봐.

마르크   그런가 봐.

두 사람은 웃는다.

세르주   폴라는 어떻게 지내?

마르크   잘 지내. (앙트리오스를 가리키며) 이걸 어디에 둘 거
        야?

세르주   아직 안 정했어. 여기. 저기…? 너무 과시적이려나.

마르크   액자에 넣을 거야?

세르주   (상냥하게 웃으며) 아니…! 아니, 아니….

마르크   왜?

세르주   이런 건 액자를 하는 게 아니지.

마르크   그래?

세르주   예술가의 뜻이 그래. 작품이 갇혀서는 안 된다는
        거지.

        테두리가 있으니….

        (그는 마르크에게 가까이 다가와서 테두리를 살펴보게
        한다.)

        와서 봐… 보이지….

마르크   반창고야?

세르주   아냐, 크라프트지 종류지….

        예술가가 제작한 거야.

마르크   네가 예술가라고 말하는 게 재밌어.

세르주	내가 뭐라고 하면 좋겠어?
마르크	넌 예술가라고 부르는데, 화가나… 이름이 뭐였지… 앙트리오스라고 부를 수도 있잖아….
세르주	그래…?
마르크	네가 예술가라고 말하는 건 일종의… 그러니까… 뭐 중요한 건 아냐. 우리 뭘 볼까? 이번만큼은 확실한 걸 보자고.
세르주	여덟 시네. 상영시간 다 놓쳤어. 이 친구가―너도 동의하겠지만 할 일이라곤 없는 친구가―이렇게 늘 늦다니 참 상상하기 힘든 일이야! 대체 뭘 하는 걸까?!
마르크	저녁 먹으러 가자.
세르주	그래. 8시 5분이잖아. 7시에서 7시 반 사이에 보자고 약속했는데…. 근데 넌 무슨 말을 하고 싶었던 거야? 내가 예술가라는 말로 뭘 얘기한다고?
마르크	아냐. 그냥 바보 같은 소리 하려고 했어.
세르주	아냐, 말해봐.
마르크	네가 예술가라고 할 때는 마치… 어떤 범접할 수 없는 존재에 대해 말하는 거 같아서. 예술가를…

일종의 신처럼….

세르주   *(웃으며)* 나한테는 신이긴 하지! 내가 그렇게 큰 재
산을 범속한 인간을 위해 낭비했을 것 같아…!

마르크   그렇구나.

세르주   월요일에 내가 보부르에 다녀왔는데, 그곳에 앙트
리오스가 얼마나 있는지 알아…? 세 점! 앙트리오
스가 세 점이나 있더라고…! 보부르에!

마르크   놀랍네.

세르주   그런데 내 그림도 그것들에 못 미치지 않았어…!
들어봐, 내가 한 가지 제안할 테니. 이방이 3분 안
에 안 오면 우리끼리 그냥 가자고. 아주 훌륭한 리
옹식 식당을 발견했거든.

마르크   너 왜 그렇게 열 받았어?

세르주   열 받지 않았는데.

마르크   맞잖아, 열 받았네.

세르주   열 안 받았어. 그래, 열 받았어. 내가 열 받은 건 그
렇게 모호하고, 싫은 걸 표현하지 않는 포용적 태
도를 도무지 받아들일 수 없어서야!

마르크   사실은 네가 나 때문에 화가 나는데, 가련한 이방

에게 복수하는 거야.

세르주 가련한 이방이라고, 너 내 말을 무시하는 거야! 너 때문에 화난 게 아니라고, 왜 내가 너 때문에 화나겠어?

*

세르주 이 자식 때문에 화가 나. 맞아. 이 자식은 날 짜증 나게 해. 들척지근한 어조로 말하는 게 짜증 나. 말끝마다 다 안다는 듯한 미소를 짓잖아.

이 자식은 상냥한 태도를 유지하려고 애쓰는 것 같아.

친구, 상냥하지 말라고!

절대로, 상냥하지 말라고!

앙트리오스 그림을 산 것 때문일까…? 앙트리오스 그림 구매가 우리 사이에 이 거북함을 낳은 걸까…?

이 그림 구매를 이 친구가 인정하지 못해서…?

그렇지만 난 친구의 인정 따윈 아랑곳하지 않아!

마르크, 난 네 인정 따윈 아랑곳하지 않는다고…!

*

마르크 앙트리오스 때문일까, 앙트리오스를 구매한 것 때문에…?

아냐—

문제는 더 멀리에서 오는 거야….

문제는 분명히 그날부터 시작된 거야. 네가 예술작품에 대해 말하면서 '해체'라는 단어를 유머도 없이 뱉어낸 날.

나를 충격에 빠뜨린 건 해체라는 말 자체보다는 네가 그 말을 할 때 보인 근엄한 태도 때문이야.

이봐, 친구, 너는 '해체'라는 말을 거리낌도 없고, 빈정거림의 기미도 없이 진지하게 말했다고.

난 그 상황에 어떻게 대응할지 몰라서 내가 인간혐오자가 되어가고 있다고 던졌더니 너는 나한테 응수했지, 그러는 넌 뭔데? 대체 무슨 자격으로 그렇게 말하는 거야…?

어떻게 다른 인간들에서 너 자신은 쏙 빼는 거지?
세르주, 넌 아주 고약하게 응수했다고. 정말이지
뜻밖이었어…. 마르크, 네가 뭐라고 스스로 우월하
다고 생각하는 거야?, 라고 했잖아.

…

그날, 난 이 자식의 면상에 주먹을 날렸어야 했어.
그래서 이놈이 반쯤 죽어서 바닥에 널브러지면 이
렇게 말했어야 했어. 너, 친구로서 넌 누구냐, 세르
주, 네 친구를 우월하다고 판단하지 않는 넌 대체
어떤 친구냐고?

*

세르주의 집.

마르크와 세르주, 앞에서 등장한 모습 그대로.

마르크 리옹식이라고 말했지. 무겁지 않아? 좀 기름지겠
지, 소시지며… 그렇지 않을까?

벨 소리가 들린다.

세르주   8시 12분이야.

세르주가 이방에게 문을 열어주러 간다.
이방이 말하면서 들어선다.

이방   비극이야, 도무지 해결될 수 없는 비극적 문제야,
양쪽 새엄마 둘 다 초대장에 이름을 넣고 싶어 해.
카트린은 자기를 길러준 셈인 새엄마를 좋아해서
초대장에 이름을 넣고 싶어 하고, 어머니가 돌아가
셨으니 당연히 새엄마가 아버지 옆에 자리해야 한
다고 생각하지. 난 나의 새엄마를 싫어해서 초대장
에 이름을 넣는 건 생각조차 할 수 없는 일인데, 우
리 아버지는 새엄마를 빼면 당신도 이름을 안 올
리겠다고 해. 카트린의 새엄마도 같이 뺀다면 몰라
도. 그런데 그럴 일은 절대로 불가능하니 난 어느
부모의 이름도 넣지 말자고 제안했지. 어쨌든 우리
가 이젠 스무 살도 아니고 우리가 직접 우리의 결

혼을 소개하고 사람들을 초대할 수 있으니 말이야.
카트린은 소리를 꽥 지르며 그건 엄청나게 비싼 피
로연 비용을 부담하는 부모에게, 특히 자기 친딸도
아닌데 그토록 헌신한 자기 새엄마에게 따귀를 날
리는 짓이라고 말했지. 난 결국 내 뜻과는 완전히
다르지만 지쳐서, 내가 싫어하는 나의 계모, 그 못
된 여자 이름을 초대장에 넣는 걸 받아들였고, 친
모에게 그 사실을 알리려고 전화를 걸어 말했지.
엄마, 내가 이걸 피하려고 기를 썼지만 달리 어쩔
수가 없었어요. 엄마는 계모 이본 이름이 초대장에
올라가면 본인 이름을 넣지 않겠다고 대답하길래,
난 말했지, 엄마 제발 부탁해요, 사태를 더 악화시
키지 말아줘요. 엄마는 말했지, 넌 어떻게 내 이름
이 버림받은 여자의 이름 마냥 종이 위에서 네 아
버지의 성에 단단히 닻을 내린 이본의 이름 밑에
홀로 둥둥 떠다니게 하는 거냐. 난 말했지, 엄마, 친
구들이 날 기다려요, 일단 전화를 끊고 머리를 식
히고 나서 내일 다시 얘기해요. 엄마는 말했지, 왜
나는 늘 마차의 마지막 바퀴가 되느냐고, 엄마, 무

슨 말이에요, 엄마는 마차의 마지막 바퀴가 아니
라고요, 아니긴 뭐가 아니야, 네가 내게 사태를 더
악화시키지 말라고 말하는 건 사태가 이미 결정되
어 있다는 말이고, 모든 게 나 없이 이미 짜여 있으
며, 모든 것이 내 등 뒤에서 꾸며지고 있다는 뜻이
니, 선량한 위게트는 모든 것에 아멘이나 해야 하
는 신세잖냐, 내가 아직 파악하지 못한 긴급한 사
건에도 아멘, 해야 하니. 엄마, 친구들이 기다리고
있어요, 그래, 그렇겠지, 넌 언제나 더 중요한 일이
있지, 모든 게 나보다 더 중요해, 잘 있거라, 하고 엄
마는 전화를 끊었고, 옆에 있던 카트린은 엄마의
말을 듣지 못해서 내게 말했지, 뭐라 하셔, 난 말했
어, 엄마는 계모랑 같이 초대장에 실리고 싶지 않
대, 당연하지, 그게 아니라 결혼에 대해 뭐라고 하
시냐고, 아무 말도 안 하셨어, 당신 거짓말하네, 아
냐, 카티 맹세해, 엄마가 계모랑 같이 초대장에 실
리고 싶지 않대, 다시 전화를 걸어서 말해, 아들을
결혼시킬 때는 자존심은 접어두는 거라고 말해, 그
럼 너도 네 새엄마에게 똑같이 말할 수 있을 거 아

냐, 그건 다른 문제지, 카트린이 외쳤어, 새엄마를 초대장에 꼭 넣기를 바라는 건 나지, 우리 새엄마가 아니라고, 가련하고 과민한 새엄마가 이 일이 초래할 문제들을 알았다면 내게 초대장에 올리지 말아 달라고 애원했을 거라고, 당신 어머니한테 다시 전화를 걸어, 난 잔뜩 긴장한 채 엄마에게 전화를 걸었고, 카트린이 듣고 있었지, 엄마가 말했어, 이 방, 지금까지 넌 네 배를 더없이 혼란스럽게 이끌고 왔어, 네가 갑자기 부부의 삶을 살기로 작정하는 바람에 나는 네 아버지와 어느 날 오후와 저녁을 함께 보낼 수밖에 없게 되었지. 17년째 안 보고 사는 그 남자에게 내 늘어진 볼살이며 살진 모습을 보이고 싶지 않았는데 말이다. 그리고 말이 나왔으니 하는 말이지만, 내가 펠릭스 페로라리를 통해 알게 되었는데, 네 계모도 브릿지를 하기 시작했다던데—우리 엄마도 브릿지 게임을 하시거든—그 여자에게도 이 모든 걸 보일 수밖에 없게 되었고, 모두가 받아보고 자세히 들여다볼 초대장에서 나는 홀로 둥둥 떠다녀야 할 신세잖니. 수화기 곁에서 듣고 있던 카트린은 불쾌하게 비죽거리며 고개를 저었고, 나는 말했지, 엄마, 왜 그렇게 이기적이세요, 난 이기적이 아니다, 이방, 난 이기적이 아니야, 너마저 그러지 마라, 오늘 아침에 나한테 심장이 돌덩이 같다고 말한 로메로 부인처럼 그러지 마라, 이 집 사람 모두가 심장 자리에 돌덩이를 하나씩 가지고 있다고, 로메로 부인이 오늘 아침에 말하더구나, 왜냐하면 그 여자가 세금 신고 없이 시간당 60프랑을 달라는 걸 내가 거절했거든―그 여자는 길길이 날뛰었어, 그러더니 우리집 사람 전부가 심장 자리에 돌덩이를 갖고 있다고 말했지, 가련한 앙드레에게 페이스메이커(인공심장박동기)를 달았을 때, 넌 그 사람에게 한마디도 하지 않았잖니, 그래 물론 웃기겠지, 넌 모든 것에 웃으니까, 이기적인 건 내가 아니다, 이방, 너는 인생에 대해 아직 배워야 할 게 많구나, 가거라, 어서 가, 네 소중한 친구들에게 가라고….

침묵.

세르주	그래서…?
이방	그래서, 아무것도. 아무것도 해결되지 않았어. 난 전화를 끊었지. 카트린과 짧게 말다툼을 했는데, 그게 짧았던 건 내가 약속에 늦어서였지.
마르크	왜 넌 그 모든 여자 때문에 골치를 앓으면서 가만히 있는 거야?
이방	왜 내가 골치를 앓으면서 가만히 있냐고? 나도 몰라! 여자들이 모두 미쳤어!
세르주	너 말랐어.
이방	당연하지. 4킬로나 빠졌으니까. 불안 때문이야….
마르크	세네카를 읽어봐.
이방	《행복한 삶에 대하여》, 나한테 딱 필요한 거네! 이 사람이 뭐라는데?
마르크	걸작이야.
이방	그래…?
세르주	쟤는 안 읽었어.
이방	그래!
마르크	안 읽었지. 그런데 세르주가 조금 전에 걸작이라고

했어.

세르주　걸작이니까 걸작이라고 했지.

마르크　그래, 그렇겠지.

세르주　걸작이라니까.

마르크　왜 너는 화를 버럭버럭 내는 거야?

세르주　내가 아무거나 걸작이라고 한다고 네가 은근히 암
　　　　시하는 것 같아서 그래.

마르크　전혀 안 그래….

세르주　빈정거리는 네 말투가 그렇잖아.

마르크　아니라니까!

세르주　맞아, 그런 말투로 걸작이라고 하면….

마르크　미쳤구나! 아니라니까…! 그건 그렇고, 너도 극도로
　　　　현대적이라는 뜻으로 '모데르니심'이라고 했잖아.

세르주　그랬지, 그래서?

마르크　'현대적'이라는 말이 찬사의 극치라도 되는 듯이 그
　　　　말을 했다고. 무언가에 대해 말하면서 현대적이라
　　　　는 말보다 더 지고하게 높은 것은 없다고 말하는 듯
　　　　했어.

세르주　그래서?

마르크	그냥 그렇다고.
	난 '이심issime' 따윈 입도 뻥긋 안 했는데, 네가 모데르'니심'이라고 해서…!
세르주	너 오늘 자꾸 날 걸고넘어지네.
마르크	그게 아니라….
이방	너희들까지 싸워서 상황을 최악으로 만들지 좀 마!
세르주	거의 2천 년 전에 한 인간이 쓴 말이 여전히 시사성을 띤다는 게 놀랍지 않아?
마르크	맞아, 놀라워, 놀랍고말고. 그게 고전의 특성이지.
세르주	이건 말의 문제야.
이방	그래, 우리 뭐할 거야? 미안하지만. 영화는 틀려먹은 것 같고. 저녁이나 먹으러 갈까?
마르크	세르주 말을 듣자 하니 네가 쟤 그림에 감동을 보였다고 하던데.
이방	그래… 내가 저 그림에 꽤 감동했지…. 그래. 넌 안 그랬다는 건 나도 알아.
마르크	아니지.
	저녁 먹으러 가자. 세르주가 맛있는 리옹식 식당을 안대.

세르주	네가 너무 기름지다며.
마르크	좀 기름지다고 생각하지만 시도해 보고 싶어.
세르주	아냐, 네가 너무 기름지다고 생각한다면 다른 데로 가자.
마르크	아냐, 시도해 보고 싶다니까.
세르주	너희들이 좋다고 하면 그 식당에 가고. 아니면 거기 안 갈 거야! *(이방에게)* 너, 리옹 음식 먹고 싶어?
이방	난 너희들이 하는 대로 할 거야.
마르크	얘는 우리가 원하는 대로 하잖아. 늘 그러잖아.
이방	둘이 왜 그러는 거야, 너희들 정말 이상해!
세르주	쟤 말이 맞아. 너도 언젠가는 네 의견을 좀 가져봐.
이방	친구들, 너희들이 나를 조롱거리로 삼을 생각이라면 난 갈래! 오늘 참을 만큼 참았다고.
마르크	이방, 유머 좀 발휘해봐.
이방	뭐라고?
마르크	유머 좀 가져 보라고.
이방	유머 좀? 여기 웃긴 게 뭐가 있는데? 유머 좀 가져 보라니, 그러는 네가 웃긴다.
마르크	요즘 너 유머가 좀 부족한 것 같더라고, 조심해, 날

봐!

이방   네가 뭐 어떤데?

마르크   나도 요즘 유머가 좀 부족한 것 같지 않아?

이방   그래?

세르주   됐어, 그만해. 결정이나 하자고. 솔직히 난 배도 안
         고파.

이방   오늘 저녁에 너희들 정말이지 험악하다…!

세르주   네가 들려준 여자들 이야기에 관한 내 관점을 애
         기해도 되겠어?

이방   말해봐.

세르주   내가 보기에 그 모든 여자 중 가장 히스테릭한 여
         자는 카트린이야. 단연코.

마르크   확실히 그래.

세르주   네가 벌써 그렇게 휘둘리면 끔찍한 미래가 기다릴
         거야.

이방   내가 뭘 할 수 있는데?

마르크   취소해.

이방   결혼을 취소하라고?

세르주   쟤 말이 옳아.

이방   난 못해, 너희들 미쳤구나!

마르크 왜 못해?

이방   그냥, 그럴 수 없으니까! 모든 게 준비되어 있어. 한
        달째 난 문구회사에서 일하고 있고….

마르크 그게 무슨 상관이야?

이방   문구회사가 카트린 삼촌의 회사야. 누구도 고용할
        필요가 전혀 없었는데, 더구나 섬유 분야에서만 일
        해온 사람은 더더욱 고용할 필요가 없었단 말이야.

세르주 너 원하는 대로 해. 난 내 의견을 말한 것뿐이야.

이방   미안해, 세르주. 너한테 상처를 주고 싶진 않지만,
        넌 내가 특별히 결혼에 관한 조언을 귀 기울여 들
        을 사람은 못 돼. 네 삶이 이 분야에서 성공적이라
        고 말할 순 없으니까….

세르주 그렇긴 해.

이방   이 결혼을 파기할 순 없어. 카트린이 히스테릭한 건
        나도 알지만 장점도 많아. 나 같은 남자와 결혼할
        때 특히 돋보이는 장점들이라고…. *(앙트리오스를 가
        리키며)* 저건 어디에 둘 거야?

세르주 아직 모르겠어.

이방	왜 그걸 저기에 걸지 않는 거야?
세르주	거기 두면 대낮의 빛에 짓눌리거든.
이방	아, 그렇군.
	참 오늘 너를 생각했어. 흰 바탕에 흰 꽃을, 새하얀 꽃을 그리는 어떤 사람의 포스터를 가게에서 5백 장 찍었거든.
세르주	앙트리오스의 그림은 희지 않아.
이방	물론 아니지. 말하자면 그렇다는 거지.
마르크	너는 이 그림이 희지 않다고 생각하지, 이방?
이방	완전히 희진 않지….
마르크	그렇군. 그러면 너는 무슨 색으로 보는 거야?
이방	여러 색이 보여…. 노랑, 회색, 살짝 황톳빛이 도는 선들도 보이고.
마르크	그래서 넌 그 색깔들에 감동한 거구나.
이방	그래… 그 색깔들에 감동했어.
마르크	이방, 넌 심지가 없어. 넌 절충형이고 물러터졌어.
세르주	왜 이방에게 그렇게 공격적이야?
마르크	쟤가 고분고분하고, 돈에 넘어가고, 스스로 문화라고 믿는 것에 속는 비루한 추종자 같아서 그래. 더

구나 내가 끔찍이 혐오하는 문화에 말이야.

짧은 침묵.

세르주   …대체 너 왜 그래?

마르크   (이방에게) 이방 너는 어떻게 그래…? 내 앞에서. 내
           앞에서, 이방.

이방   너 앞에서 뭘…? 너 앞에서 뭘…? 저 색깔들이 내
           게 울림을 준다고. 그래. 네가 뭐라든. 모든 걸 좌지
           우지하려 들지 말라고.

마르크   어떻게 내 앞에서 저 색깔들이 울림을 준다고 말
           할 수 있어…?

이방   그게 사실이니까.

마르크   사실? 저 색깔들이 네게 울림을 준다고?

이방   그래. 울림을 줘.

마르크   저 색깔들이 네게 울림을 준다고, 이방?!

세르주   저 색깔들이 울림을 준다잖아! 쟤에겐 그렇게 말
           할 권리가 있다고!

마르크   아니, 그럴 권리 없어.

세르주	뭐라고, 쟤한테 권리가 없다고?
마르크	권리 없어.
이방	내게 권리가 없다고?…!
마르크	없어.
세르주	왜, 쟤에게 권리가 없다는 거야? 요즘 너 이상하다는 것 너도 알지. 병원에 좀 가봐.
마르크	저 색깔들이 울림을 준다고 말할 권리가 없어. 왜냐하면 거짓이니까.
이방	저 색깔들이 내게 울림을 줄 수 없다고?!
마르크	여긴 색깔이 없어. 넌 그걸 보지 못해. 그러니까 울림을 줄 수 없다고.
이방	네 얘기나 해!
마르크	참 추하다, 이방…!
세르주	대체 넌 뭐야, 마르크?…!
	네가 뭐길래 네 법을 강요해? 넌 좋아하는 게 하나도 없고, 온 세상을 멸시하고, 제 시대 사람이 되지 않는 데 명예를 거는 그런 인간이야….
마르크	제 시대 사람이라니, 무슨 의미야?
이방	안녕. 난, 난 갈래.

세르주   어디 가?

이방   난 간다고. 왜 내가 너희들의 화를 견뎌야 하는지
      모르겠어.

세르주   그냥 있어! 또 그렇게 내뺄 생각 하지 말고…. 네
      가 가면 쟤 말이 맞는 게 되잖아. *(이방은 선 채 이러
      지도 저러지도 못하고 머뭇거린다.)* 제 시대 사람이란
      제 시대 안에서 사는 사람이지.

마르크   별 바보 같은 소리를 다 듣겠네. 사람이 어떻게 자
      기 시대가 아닌 다른 시대 안에서 살 수 있어? 설
      명해봐.

세르주   제 시대 사람이란 20년 뒤에, 100년 뒤에 그가 제
      시대를 대표한다고 말할 수 있을 그런 사람이야.

마르크   흠, 흠.
      그래서 뭘 하려고?

세르주   뭘 하려고, 라니?

마르크   사람들이 어느 날 내가 내 시대를 대표했다고 말
      하는 게 내게 무슨 소용이냐고?

세르주   이봐, 가련한 친구야, 이건 네 얘기가 아니라고! 너
      야 어쨌든 말든 아무도 신경 안 쓴다고! 제 시대

사람은, 내가 말했듯이, 대개 네가 높이 평가하는 사람들이고 인류에 공헌한 인물들이지…. 제 시대 사람은 회화의 역사를 카바용[1]의 하이퍼 플랑드르 전경 앞에 멈춰 세우진 않지….

마르크 카르카손이라고.

세르주 그래, 그게 그거지. 제 시대 사람은 진화의 내재적 역학에 가담해….

마르크 그래. 네 말에 따르면 그게 선이지.

세르주 그건 선도 아니고 악도 아니야―왜 도덕론을 꺼내 드는 거야?―이건 만물의 본성에 속하는 문제라고.

마르크 이를테면 너는 진화의 내재적 역학에 가담하는 거군.

세르주 그래.

마르크 그러면 이방은…?

이방 아냐. 절충형 인간은 아무것에도 가담하지 않아.

세르주 이방은 제 나름대로 제 시대 사람이지.

마르크 이방의 어디에서 그런 걸 보는 거야? 쟤가 난로 위

---

1) 프랑스 남부 보클뤼즈주의 마을

쪽에 걸어둔 엉터리 그림에서 보는 건 아니겠지!

이방   엉터리 그림 아니거든!

세르주   맞아, 엉터리야.

이방   아니라고!

세르주   아무래도 좋아. 이방은 대단히 현대적인, 일정한 삶
          과 생각의 양식을 대표하지. 게다가 너도 마찬가지
          고. 미안하지만 너는 전형적으로 네 시대 사람이
          지. 사실은, 네가 그러지 않기를 바랄수록 더 그래.

마르크   그러면 됐네. 뭐가 문제야?

세르주   문제는 오직 너한테 있어. 네가 인간들의 범주에서
          배제되는 걸 명예로 삼는다는 것이 문제지. 거기에
          이르지도 못하면서 말이지. 너는 모래늪 속에 빠져
          있는 셈이야. 네가 빠져나가려고 애쓰면 애쓸수록
          더 빠져들지. 이방에게 용서를 빌어.

마르크   이방은 비겁한 자식이야.

이 말을 듣자 이방은 결심하고, 황급히 나간다. 짧은 사이.

세르주   브라보.

침묵.

마르크 오늘 저녁엔 만나지 않는 편이 나을 뻔했어… 안 그래? 나도 떠나는 게 좋겠어….

세르주 그러든지….

마르크 좋아….

세르주 비겁한 건 너야…. 자기방어도 할 줄 모르는 녀석을 공격하다니…. 너도 그건 잘 알잖아.

마르크 네 말이 맞아…. 네 말이 맞는데, 네가 방금 한 말로 난 더 무너졌어. 보다시피 이젠 이해할 수가 없어. 나와 이방을 이어주는 것이 뭔지 모르겠다고…. 나와 저 친구의 관계가 무엇으로 이루어졌는지 도무지 이해할 수가 없어.

세르주 이방은 늘 이랬어.

마르크 아냐. 전에는 광적이고 엉뚱한 점이 있었다고…. 유약했지만 그래도 특유의 광기로 사람을 무장해제시키곤 했지….

세르주 그럼 나는?

마르크 너 뭐?

세르주   너와 나를 이어주는 게 뭔지 아냐고?

마르크   …답변하자면 상당히 길어질 질문이네….

세르주   해보자고.

    짧은 침묵.

마르크   …이방을 아프게 해서 마음에 걸려.

세르주   아! 이제야 조금 인간적인 말이 네 입에서 나오
           네…. 게다가 그 친구가 난로 위에 걸어둔 엉터리
           그림은 아마 걔 아버지가 그린 걸 거야.

마르크   아 그래? 젠장.

세르주   그래….

마르크   너도 그렇게 말했잖아….

세르주   그래, 그래, 하지만 말하는 도중에 기억이 났어.

마르크   아, 제기랄….

세르주   음….

    가벼운 시간….

벨 소리가 난다.

세르주가 문을 열러 간다.

이방이 불쑥 들어오더니 앞에서 그랬던 것처럼 들어오기 무
섭게 말한다.

이방   이방의 귀환! 엘리베이터가 꼼짝 않길래 난 계단으
       로 달려갔고, 뛰어 내려가면서 생각했지, 비겁하고,
       절충형 인간인 데다, 심지도 없는 내가 생각을 했
       다고, 내가 권총을 가지고 돌아가서 저 자식을 죽
       이면 저 자식은 내가 물러터지고 고분고분한지 아
       닌지 보게 되겠지. 그러면서 1층에 도착했는데, 내
       가 결국 절친을 쏘기 위해 6년 동안 분석을 하지
       않았던 건 아니잖나, 6년 동안 분석을 하지 않았다
       고 해서 친구의 말에 실린 광기 너머로 깊은 불행
       을 보지 못하는 건 아니잖나, 라는 생각이 들었지.
       그래서 다시 거꾸로 올라오기 시작했고, 계단을 오
       르는데 이런 생각이 드는 거야, 마르크는 도움을
       청하고 있어, 이 일로 내가 고통을 받게 되는 한이
       있더라도 친구를 도와야 한다⋯. 게다가 요전에 핑

아트   69

컬존에게 너희들에 대해 말했거든….

세르주 핑컬존에게 우리에 대해 말했다고?!

이방 난 핑컬존에게 모든 걸 말해.

세르주 그런데 우리 얘긴 왜 한 거야?

마르크 그 멍청이한테 내 얘기하는 걸 금지하겠어.

이방 넌 나한테 아무것도 금지하지 못해.

세르주 왜 우리 얘길 한 거야?

이방 너희 관계가 아슬아슬한 것 같아서 핑컬존이 좀 밝혀주었으면 싶었지….

세르주 그래서 그 멍청이가 뭐라든?

이방 재미난 얘길 하더라고….

마르크 그 사람들이 의견을 내놓는다고?!

이방 아냐, 그 사람들은 의견을 내놓지 않아, 그렇지만 이 문제에는 자기 의견을 내놓았지. 심지어 행동까지 했다고. 절대로 행동하는 법이 없는데 말이야. 그 사람은 늘 추워 보여서 난 말하지, 좀 움직여 보세요…!

세르주 좋아, 그래서 뭐라고 했는데.

마르크 그 새끼가 뭐라 했건 난 신경 안 쓴다고!

세르주   뭐라 했는데?

마르크   왜 그딴 것에 우리가 신경을 써?

세르주   그 멍청이가 뭐라 했는지 난 알고 싶다고, 빌어먹을!

이방   *(자기 상의 주머니를 뒤진다)* 알려줄게…. *(접힌 쪽지
        하나를 꺼낸다.)*

마르크   너 메모까지 했어?

이방   *(쪽지를 펼치며)* 복잡해서 적었지…. 읽어줘?

세르주   읽어.

이방   …"내가 나인 건 내가 나이기 때문이고, 네가 너인
        건 네가 너이기 때문이다. 난 나고, 넌 너다. 반면에
        네가 너여서 내가 나이고, 내가 나여서 네가 너라
        면 난 내가 아니고, 넌 네가 아니다…."
        내가 왜 적을 수밖에 없었는지 이해하겠지.

        짧은 침묵.

마르크   너 그놈한테 얼마를 지불하는 거야?

이방   볼 때마다 4백 프랑이고, 일주일에 두 번씩 봐.

마르크   한심하네.

세르주	그것도 현금으로 내지. 내가 한 가지 사실을 알게 되었는데, 수표는 안 받는대. 프로이트는 지폐가 쏜살같이 달아나는 걸 느껴봐야 한다고 말했거든.
마르크	그 자식에게 코치를 받다니 넌 운도 좋다.
세르주	아 그래…! 친절을 발휘해서 그 말을 우리한테도 좀 베껴주라.
마르크	그래. 우리에게 아주 유용할 거야.
이방	*(쪽지를 소중하게 다시 접으며)* 너희들이 잘못 생각하는 거야. 이건 대단히 심오한 말이라고.
마르크	그 작자 덕에 네가 돌아와서 다른 쪽 뺨을 내미는 거라면, 넌 그자에게 고마워해도 돼. 그 작자가 너를 비겁한 놈으로 만들었는데, 너는 좋아하고 있어. 이게 핵심이야.
이방	*(세르주에게)* 이 모든 게 내가 네 앙트리오스 그림을 높이 평가하는 걸 쟤가 믿고 싶어 하지 않기 때문이야.
세르주	이 그림에 대해 너희들이 무슨 생각을 하든 난 신경 안 써. 너든 쟤든.
이방	난 보면 볼수록 이 그림이 좋아져. 확실해.

세르주 제발 부탁인데 그럼 얘기 좀 그만할래, 오케이? 난 관심 없는 대화야.

마르크 왜 그렇게 상처를 받아?

세르주 난 상처받지 않아, 마르크. 너희들은 너희 의견을 말했어. 그럼 됐어. 이 주제는 끝났다고.

마르크 보다시피 네가 그걸 나쁘게 받아들이잖아.

세르주 난 나쁘게 받아들이지 않아. 피곤할 뿐이야.

마르크 네가 상처받는다면 그건 네가 타인의 판단에 매달려 있다는 의미야⋯.

세르주 난 피곤해, 마르크. 이 모든 게 비생산적이야⋯. 솔직히 말하자면 너희들과 지금 여기 이러고 있는 게 지긋지긋하다고.

이방 저녁이나 먹으러 가자!

세르주 둘이서 가. 왜 둘이서는 안 가는 거야?

이방 그건 아니지! 모처럼 셋이 모였는데.

세르주 보다시피 잘 만난 것 같지 않아.

이방 무슨 일인지 난 영문을 모르겠어. 진정하자고. 서로 화를 낼 아무런 이유가 없어. 게다가 그림 하나 때문에 이럴 일은 더더욱 아니지.

세르주	네가 "진정하자"라는 말로 신부처럼 굴며 불난 데 기름을 붓는다는 걸 알기나 해! 이러는 게 한두 번이야?
이방	너희가 아무리 그래도 난 상처 입지 않아.
마르크	너 놀랍다. 나도 그 핑컬존을 만나볼까 봐…!
이방	안 될 거야. 예약이 꽉 차서.
	너 뭐 먹는 거야?
마르크	겔세뮴.
이방	난 현실의 논리적 맥락 속에 들어섰다고. 결혼, 자식, 죽음. 문구 업계. 내게 더 무슨 일이 일어날 수 있겠어?

세르주는 갑작스러운 충동에 사로잡혀 앙트리오스를 들고 거실에서 나가더니 원래 있던 자리에 놓는다.
그리고 바로 돌아온다.

마르크	우리는 그림을 바라볼 자격이 없다 이거지….
세르주	맞아.
마르크	아니면 네가 내 앞에서 나의 시각으로 그걸 보게

될까봐 두려운 건지도….

세르주 아니거든. 폴 발레리가 한 말 몰라? 내가 네 물레
방아에 물을 댄다[2]고 했잖아.

마르크 난 폴 발레리가 무슨 말을 했건 신경 안 써.

세르주 너 폴 발레리도 안 좋아해?

마르크 나한테 폴 발레리 인용하지 마.

세르주 너 폴 발레리 좋아했잖아!

마르크 폴 발레리가 뭐라 했건 신경 안 쓴다니까.

세르주 나에게 폴 발레리를 발견하게 해준 게 너잖아. 너
때문에 내가 폴 발레리를 알게 되었다고!

마르크 나한테 폴 발레리 얘기하지 말라니까. 난 폴 발레
리가 하는 말에 신경 안 쓴다고.

세르주 그럼 네가 신경 쓰는 건 뭔데?

마르크 네가 그 그림을 샀다는 것. 네가 그 허접한 그림에
20만 프랑을 썼다는 것.

이방 다시 시작하지 마, 마르크!

---

2) "누군가의 물레방아에 물을 댄다"는 표현은 "~에게 자금을 대다" 또는 "~의
편을 들다"라는 의미다.(—옮긴이)

세르주 내가 아랑곳하지 않는 것에 대해 말해주지 —우리
는 속내를 털어놓는 사이니까, —네가 웃음과 암시
로 나도 그 작품을 그로테스크하다고 생각했다고
시사하든 말든 난 아랑곳하지 않아. 넌 내가 진심
으로 그 작품에 애착을 느낄 수 있다는 걸 부인했
어. 넌 우리 사이에 추악한 공모의식을 만들고 싶
어 했지. 마르크, 네 표현을 빌리자면 요사이 나와
너를 덜 이어주는 것이 바로 그거야. 네가 드러내
는 그 항구적인 의심 말이야.

마르크 네가 그 그림을 진심으로 좋아할 수 있다고 내가
상상하지 못하는 건 사실이야.

이방 대체 왜?

마르크 난 세르주를 좋아하지만, 그 그림을 사는 세르주
는 좋아할 수 없어서 그래.

세르주 왜 너는 그 그림을 '사는'이라고 말해, '좋아하는'이
라고 말하지 않고?

마르크 '좋아한다'는 말을 믿지 못하니까 '좋아하는'이라고
말하지 못하는 거지.

세르주 그러면 내가 그걸 안 좋아하면서 왜 사겠어?

마르크   모든 문제가 바로 거기 있지.

세르주   *(이방에게)* 쟤가 얼마나 자만에 차서 대답하는지 봐! 난 바보 역을 하고, 쟤는 태연하게 암시를 과장해서 대답하잖아…! *(마르크에게)* 사실 같지 않더라도, 내가 이 그림을 정말로 좋아할 수 있고, 혐오에 빠진 너의 단호하고 단정적인 의견을 듣고 상처 입을 경우를 단 일 초도 상상해보지 않았어?

마르크   안 해봤어.

세르주   폴라에 대해 어떻게 생각하는지 네가 물었을 때—어느 저녁 식사 동안 엘러스 단로스 증후군을 동종요법으로 치유할 수 있다는 내 주장을 지지했던 여자 말이야—나는 그 여자가 못생기고 투박하며 매력 없다고 생각했다는 말을 네게 안 했지. 말할 수도 있었는데 말이야.

마르크   너, 폴라에 대해 그렇게 생각하는 거야?

세르주   네 생각엔 어떨 것 같아?

이방   아냐, 쟤는 그렇게 생각 안 해! 폴라에 대해 그렇게 생각할 수는 없어!

마르크   대답해봐.

세르주 봐, 이게 어떤 효과를 내는지 보라고!

마르크 네가 방금 말한 대로 폴라에 대해 생각하냐고?

세르주 심지어, 그 이상이지.

이방 아냐!!

마르크 그 이상이라고, 세르주? 거친 것 이상? 투박한 것 이상이라는 말 좀 설명해봐…!

세르주 아, 아! 말이 사적으로 충격을 줄 때는 그 맛이 훨씬 더 씁쓸한가 보네…!

마르크 세르주, 투박한 것 이상이 뭔지 설명해 보라고….

세르주 그렇게 서릿발 세울 것 없어. 내가 대답해줄 테니. 그러니까 폴라가 담배 연기를 휘젓는 태도만 봐도 그래….

마르크 담배 연기를 휘젓는 태도이라니….

세르주 그래. 담배 연기를 휘젓는 그녀만의 태도. 너한테는 그 몸짓이 하찮고 중요치 않아 보이겠지만, 그건 아니야. 폴라가 담배 연기를 휘젓는 태도는 정확히 그녀 투박함의 핵심에 자리하고 있다고….

마르크 …너는 내가 함께 살고 있는 폴라에 대해 참을 수 없는 말을 하고 있어. 담배연기를 휘젓는 태도를 네가 싫어한다는 이유로….

세르주 그래. 담배 연기를 휘젓는 그 태도가 두말할 것 없이 그 사람을 단죄하니까.

마르크 세르주, 내가 자제심을 잃기 전에 설명해봐. 지금 네가 내뱉고 있는 건 아주 심각한 말이라고.

세르주 보통 여자들은 이렇게 말하지. 미안하지만 담배 연기가 조금 불편하니 재떨이 좀 옮겨주시겠어요, 그렇지만 폴라는 자신을 낮춰서 말하기보다는 경멸을 드러내고. 조금 고약한 권태를 드러내는 계산된 몸짓으로 손동작을 하는데, 그녀가 감지되지 않기를 바라는 그 동작은 이런 말을 암시하지. 피우세요, 피우시라고요, 절망스럽지만 내가 그걸 지적한들 무슨 소용이겠어요. 그러면 우리는 그녀를 괴롭히는 게 우리일까 아니면 담배일까 생각하게 되지.

이방 너 과장이 심하다…!

세르주 보라고, 쟤도 내가 틀렸다고 말하는 게 아니라 내가 과장한다고 하지. 내가 틀렸다고 말하지 않잖아. 담배 연기를 휘젓는 그 여자의 태도는 차갑고 거만하고, 세상에 닫힌 천성을 폭로해. 너도 짐작

해봐. 안타까워, 마르크, 네가 그렇게 부정적인 여
자를 만난 게 정말이지 딱해….

이방   폴라는 부정적이지 않아…!

마르크   네가 방금 한 말 전부 취소해, 세르주.

세르주   아니.

이방   그렇게 해…!

마르크   방금 한 말 취소하라고….

이방   취소해, 취소해! 말도 안 되잖아!

마르크   세르주, 마지막으로 말하는데, 방금 한 말을 취소
          하길 촉구한다.

세르주   내 눈에는 기이한 커플이야. 화석 커플.

마르크가 세르주에게 달려든다.
이방이 황급히 끼어들어 말린다.

마르크   *(이방에게)* 넌 비켜!

세르주   *(이방에게)* 넌 끼어들지 마….

기괴한 싸움이 아주 짧게 이어지다가 주먹질로 끝나는데,

그 주먹을 공교롭게도 이방이 맞는다.

이방   오, 빌어먹을…! 오, 빌어먹을…!

세르주   좀 보자, 어디 좀 보자…. *(이방은 필요 이상으로 신
         음하는 듯 보인다.)* 좀 보자고…! 아무렇지도 않네….
         안 다쳤어… 기다려봐…. *(그는 나갔다가 멸균 붕대를
         가지고 돌아온다.)* 자, 이걸 일 분 동안 붙여 둬.

이방   …너희 둘 다 완전히 비정상이야. 멀쩡했던 사람들
         이 완전히 미쳤어!

세르주   화내지 마.

이방   정말 아프다고…! 어쩌면 너희들이 내 고막을 터뜨
         렸는지도 몰라…!

세르주   그럴 리 없어.

이방   네가 어떻게 알아? 이비인후과 의사도 아니면서…!
         너희 같은 친구들, 하여간 먹물 좀 먹은 작자들이
         란…!

세르주   진정해.

이방   담배 연기를 휘젓는 태도가 네 마음에 안 든다고
         누군가를 망가뜨릴 순 없다고…!

세르주	있지.
이방	도대체, 무슨 당치 않은 소리야!
세르주	네가 가당한 게 뭔지나 알고?
이방	날 쳐, 더 쳐봐…! 어쩌면 난 내출혈이 일어나고 있는지도 몰라. 생쥐 한 마리가 지나가는 걸 보았어….
세르주	쥐야.
이방	쥐!
세르주	그래, 가끔 지나다녀.
이방	니네 집에 쥐가 있어?!
세르주	붕대 떼지 말고, 가만히 뒤.
이방	너희들 대체 왜 그러는 거야? 둘 사이에 무슨 일이 일어난 거야? 무슨 일이 일어났기에 그렇게까지 미친 거야?
세르주	내가 마르크 마음에 들지 않는 작품을 샀거든.
이방	너, 또 계속할 거야…! 너희들은 둘 다 악순환에 빠져서 도무지 멈추질 못해…. 꼭 나와 이본 같아. 정말이지 병적인 관계야!
세르주	그게 누군데?

이방   우리 계모!

세르주   네가 계모 얘기를 우리에게 안 한 지가 꽤 됐네.

짧은 침묵.

마르크   왜 너는 폴라에 대한 네 생각을 바로 얘기하지 않
        았어?

세르주   너를 아프게 하고 싶지 않았으니까.

마르크   아냐, 아냐, 아냐….

세르주   뭐가 아냐, 아냐, 아냐…?

마르크   아냐.
        내가 너한테 폴라에 대해 어떻게 생각하는지 물었
        을 때 넌 이렇게 대답했었지. 두 사람이 서로를 잘
        찾았네.

세르주   그랬지….

마르크   네 입에서 나온 그 말은 긍정적이었어.

세르주   틀림없이 그랬지….

마르크   그래, 그래. 그 시절에는 그랬다고.

세르주   그래서 뭘 입증하고 싶은 건데?

마르크   오늘 네가 폴라에게 거는 시비는 사실 나한테 거
        는 시비이고, 삐딱하게 기울어져 있다는 거야.

세르주   …무슨 말인지 모르겠어….

마르크   아냐, 넌 알 거야.

세르주   몰라.

마르크   최근에 네가 드러낸 새로움을 향한 격양된 욕망을
        내가 더는 따라가지 못한 뒤로 나는 "거만하고" "세
        상에 닫히고", "화석화"되었지.

이방   드릴이 날 뚫는 것 같아…! 드릴이 뇌를 관통하는
        것 같아!

세르주   코냑 좀 마실래?

이방   너는… 내 뇌 속에 뭔가 망가진 게 있다면 술을 마
        시면 안 된다고 생각하지 않아…?

세르주   아스피린 줄까?

이방   아스피린으로 될까 몰라….

세르주   그럼, 뭘 원해?!!

이방   신경 쓰지 마. 그 터무니없는 대화나 계속해. 나한
        테 관심 가지지 말고.

마르크   그러기 힘들어.

이방	너희들도 연민을 코딱지만큼은 품을 수 있잖아. 됐어.
세르주	난 네가 폴라와 만나는 걸 견디잖아. 나는 네가 폴라와 함께 있는 걸 원망하지 않아.
마르크	네가 날 원망할 무슨 이유가 있다고.
세르주	그러는 넌 날 원망할 이유가 많잖아…. 보다시피 난 앙트리오스와 함께하잖냐고 말할 참이었어!
마르크	그래.
세르주	…뭔가 이해가 안 되는 게 있어.
마르크	난 널 폴라로 대체하진 않았어.
세르주	그럼 난 너를 앙트리오스로 대체했고?
마르크	그래.
세르주	…내가 앙트리오스로 널 대체했다고?!
마르크	그래. 앙트리오스와… 그 패거리로.
세르주	*(이방에게)* 쟤 얘기를 넌 이해해…?
이방	난 상관 안 해. 너희 둘 다 미쳤어.
마르크	내가 한창때라면 넌 그런 그림을 절대 사지 않았을 거야.
세르주	네가 한창때라니, 그게 무슨 뜻이야?!

마르크   네가 나를 다른 사람들과 구분 짓던 때, 네가 만사를 내 척도로 측정하던 때.

세르주   우리 사이에 그런 시절이 있었어?

마르크   잔인도 하네. 그리고 그렇게 말하다니 좀스러워.

세르주   아니, 분명히 말하지만, 난 정말 놀랐어.

마르크   이방이 스펀지처럼 되지 않았더라면 나를 지지할 텐데.

이방   계속해, 계속하라고. 난 아무렇지 않으니까.

마르크   *(세르주에게)* 네가 나를 친구로 둔 걸 자랑스러워하던 시절이 있었지…. 넌 나의 기이함을, 관계 밖에 머무는 나의 성향을 높이 평가했지. 넌 나의 비사교성을 사람들에게 드러내는 걸 좋아했다고. 넌 그렇게 정상적으로 살면서 말이지. 난 너의 알리바이였어. 그러나… 길게 보면 이런 종류의 애정은 식기 마련이라고 생각해야겠지…. 나중에 너는 자립성을 찾았지….

세르주   그 "나중에"가 난 마음에 들어.

마르크   그리고 난 그 자립성이 싫어. 그 자립성의 폭력이. 넌 나를 버렸어. 난 배신당했다고. 넌 내게 배신자야.

침묵.

세르주 *(이방에게)* …내가 제대로 이해한 거라면 쟤는 나
의 멘토였네…. *(이방은 대답하지 않는다. 마르크는 경*
멸 어린 눈길로 그를 뚫어지게 쳐다본다. 짧은 사이.) …
그럼 내가 너를 멘토로 좋아했다면… 네 감정은 어
떤 성격이었어?

마르크 네가 짐작해봐.

세르주 그래, 그래, 하지만 네 말을 듣고 싶어.

마르크 …난 너의 눈길을 좋아했어. 그 눈길을 받으면 우쭐
했지. 나를 특별히 생각해주는 네게 늘 고마움을 느
꼈고. 그 각별함이 우수함을 인정해주는 훈장 같은
거라고 생각했는데, 어느 날 넌 내게 그 반대를 말
했지.

세르주 당황스럽네.

마르크 진실이야.

세르주 정말 충격이다…!

마르크 그래, 충격이지!

세르주 충격이야!

마르크 나야말로 충격받았다고…. 넌 새 가족을 찾았어.
        너의 숭배 기질이 다른 대상을 찾은 거지. 예술가
        를…! 해체를…!

짧은 침묵.

이방   해체가 뭐야…?

마르크 해체 몰라…? 세르주에게 물어봐. 그 개념을 아주
        잘 파악하고 있으니까…. *(세르주에게)* 너는 부조리
        한 작품을 내가 읽기 쉽게 해주려고 토목 영역에
        서 네 용어를 찾기까지 했지…. 아, 너 미소 짓네!
        네가 그렇게 미소 지으면 난 희망을 다시 품게 돼.
        바보처럼….

이방   둘이 화해해! 저녁 시간을 즐겁게 보내자고. 이 모
        든 게 우습잖아!

마르크 …내 잘못이야. 최근에 우리가 자주 만나지 못했
        어. 난 나타나지 않았고, 넌 상위층을 만나기 시작
        했지…. 롭스 집안… 데프레-쿠데르 집안… 그 치
        과의사 기 알리에… 그 사람이 너한테….

세르주 아냐, 아냐, 아냐, 아니라고, 전혀 아니야. 그건 그 사람의 세계가 전혀 아니라고. 그 작자는 개념예술만 좋아해….

마르크 그래, 어쨌든 마찬가지야.

세르주 아니, 마찬가지가 아니야.

마르크 보라고, 내가 너를 표류하게 내버려 둔 또 하나의 증거야….

우리는 일상적인 대화에서도 이젠 서로를 이해하지 못해.

세르주 난 내가 그 정도로 네 지휘 아래, 네 소유 아래 있었는지 전혀 몰랐어. 정말이지 새로운 발견이야.

마르크 내 소유 아래는 아니지…. 절대로 친구들을 지켜보지 않고 내버려 둬서는 안 돼. 친구들은 늘 지켜보아야 해. 그러지 않으면 달아나….

저 불행한 이방을 보라고. 예전엔 굴레를 벗은 행동으로 우리를 매혹했었잖아. 저 친구가 겁쟁이 문구류 장사치가 되도록 우리가 내버려 둔 바람에… 곧 남편이 될 테고…. 기발함을 우리에게 보여주었던 청년이 이제는 그 개성을 지우려고 안달하고 있잖아….

세르주   **우리에게** 보여주었다고! 네가 무슨 말을 하고 있는
        지 알기나 하는 거야? 언제나 너를 중심에 두고 있
        잖아! 사람들을 그 자체로 사랑하는 법을 배워, 마
        르크.

마르크   그 자체로라니 무슨 뜻이야?!

세르주   있는 그대로의 모습으로.

마르크   사람들이 어떤 모습인데?! 사람들이 어떤데?! 내가
        사람들에게 품는 희망을 빼면…?
        난 나보다 앞서 존재하는 친구를 절망적으로 찾고
        있어. 지금까지는 운이 없었어. 너희들을 만들어내
        야만 했지…. 하지만 보다시피 성공적이지 못했어.
        언젠가 그 피조물은 데프레-쿠데르 집의 만찬에
        참석하러 가고, 자신의 새 지위를 확인하려고 허연
        그림을 사지.

     침묵.

세르주   따라서, 우리가 15년 동안 이어온 관계가 이렇게

막바지에 이르렀군….

마르크 그래….

이방 비참해….

마르크 보다시피, 우리가 정상적으로 서로 말할 수 있었던 건, 아니 내가 냉정을 지키면서 표현할 수 있었던 건….

세르주 그랬어…?

마르크 아냐….

세르주 아냐, 말해봐. 열정이 식은 말일지라도 나눠야지.

마르크 …난 오늘의 예술을 지배하는 가치들을 믿지 않아…. 새로움의 법칙. 놀라움의 법칙을….

놀라움은 죽은 사물이야. 떠올리자마자 죽는, 세르주….

세르주 좋아. 그래서?

마르크 그게 다야.

나 또한 너한텐 놀라움의 차원이었던 거지.

세르주 무슨 말을 하는 거야!

마르크 상당한 시간 동안 이어진 놀라움이었다고 말해야겠지.

이방	핑컬존은 천재야.
	그는 이 모든 걸 알았어!
마르크	이방, 너는 심판 행세 좀 그만두면 좋겠어. 넌 이 대화의 바깥에 있다고 여기지 말라고.
이방	너는 나까지 끼워 넣으려 하지만 그건 말도 안 돼. 이게 나랑 무슨 상관이야? 난 이미 고막까지 터졌어. 너희들의 문제는 너희들끼리 해결하라고!
마르크	재가 어쩌면 정말 고막이 터졌나봐? 내가 아주 세게 쳤거든.
세르주	*(낄낄거리며)* 제발 부탁인데 허풍은 그만둬.
마르크	이방, 있잖아, 내가 지금 널 못 견디겠는 건 — 내가 이미 말했고, 여전히 그렇다고 생각하는 그 모든 것 말고도 — 우리를 평준화하려는 네 욕망 때문이야. 너는 우리가 동등하길 바라지. 네 비겁함을 은밀히 물타기 하려고. 논쟁에서 동등하고, 옛날의 우정에서 동등하길 바라지. 하지만 우리는 동등하지 않아, 이방. 넌 진영을 선택해야만 해.
이방	진영은 선택했거든.
마르크	그럼 됐네.

세르주   난 응원자 필요 없어.

마르크   저 가련한 친구를 물리치지 마.

이방   서로 증오하면서 우리는 왜 만나는 거야? 우리가
            서로를 증오하는 건 분명해! 아니, 난 너희들을 증
            오하지 않아, 그런데 너희들은 서로를 증오해! 그
            리고 너희들은 나를 증오해! 그런데 왜 만나는 거
            야…? 난 어이없는 걱정을 하며 일주일을 보내고
            와서 느긋하게 쉬며 저녁을 보낼 생각이었는데, 제
            일 친한 두 친구를 만나서 영화를 보러 가고, 웃고,
            심각한 생각을 떨치려 했다고….

세르주   네가 오직 네 얘기만 한다는 건 너도 알아차렸겠
            지?

이방   너희들은 누구 얘기를 하는데?! 모두 자기 얘기만
            하잖아!

세르주   네가 우리 저녁을 망치고 있어….

이방   내가 너희들 저녁을 망치고 있다고?!

세르주   그래.

이방   내가 너희들 저녁을 망치고 있다고?! 내가?! 내가
            너희들의 저녁을 망치고 있다고?!

마르크   그래, 그래, 흥분하지 마!

이방   내가 너희들의 저녁을 망치고 있다고…!!

세르주   너 그걸 몇 번이나 반복할 거야?

이방   대답해봐, 내가 너희들의 저녁을 망치고 있냐고…?!!

마르크   넌 45분이나 늦게 도착했고, 사과도 하지 않았고, 네 집안일로 우리를 괴롭혔잖아.

세르주   그리고 너의 무기력함이, 무기력하고 중립적인 관객처럼 구는 네 태도가 마르크와 나를 최악의 과잉행동으로 내몰았다고.

이방   너도! 너까지 합세하는 거야?!

세르주   그래, 이 점에 있어서 나는 마르크와 전적으로 같은 의견이야. 넌 갈등의 조건을 조장하고 있어.

마르크   네가 도착한 뒤로 내내 들려주려고 애쓰는 그 나긋나긋한 부하 같은 이성의 목소리는 참고 들어주기 힘들어.

이방   내가 울 수도 있다는 걸 너희들 알지… 난 울음을 터뜨릴 수 있다고…. 게다가 거의 그럴 지경이야….

마르크   울어.

세르주	울어.
이방	울어! 너희들이 내게 울라고 하는 거야…!!
마르크	넌 울 이유가 많아. 고르고노스[3] 같은 여자와 곧 결혼하지, 영원하다고 생각했던 친구들도 잃게 되었으니….
이방	아, 그렇단 말이지. 모든 게 끝이야!
마르크	네가 그렇게 말했잖아. 서로 증오하면서 왜 보냐고?
이방	그러면 내 결혼은?! 너희들이 증인이라는 건 기억하냐?!
세르주	바꿀 수 있잖아.
이방	못 바꿔! 너희들 이름을 이미 넣었다고!
마르크	마지막 순간에도 다른 증인들로 바꿀 수 있어.
이방	그럴 수 없어!
세르주	있어…!
이방	없어…!

---

3) 머리털은 뱀 모양이고, 보는 사람을 돌로 변하게 하는 그리스신화 속 여자 괴물.(—옮긴이)

마르크   화내지 마, 갈 거니까.

세르주   너, 그 결혼 취소하는 게 좋을 텐데.

마르크   그건 사실이야.

이방   빌어먹을! 내가 너희들한테 뭘 어쨌다고 이래, 빌어
먹을…!!

그는 눈물을 쏟는다.

사이.

너희들이 하는 짓은 야비해! 12일 이후에 싸울 수
도 있었을 텐데, 아냐, 너희들은 내 결혼을 망치려
고 작정한 거야. 결혼은 이미 재앙이 되어버렸어.
그것 때문에 난 살이 4킬로나 빠졌어. 그런데 너희
들까지 나서서 결혼을 완전히 무너뜨리고 있다고!
와주면 내게 기쁨을 안겨줄 유일한 두 사람이 작
정해서 서로를 죽이려고 드니 난 정말이지 운도 없
어…! *(마르크에게)* 넌 내가 구멍 뚫린 클리어 파일
이며 접착테이프를 좋아한다고 생각해? 정상적인
인간이 어느 날 갑자기 양장 하드커버 노트를 팔

고 싶어 한다고 생각해…?! 넌 내가 뭘 하길 바라는 거야? 나는 마흔 살까지 바보 노릇만 했어. 아, 물론 나도 즐겼지. 친구들과 함께 바보 짓거리를 즐겼지. 그렇지만 저녁에는 누가 쥐처럼 혼자가 될까? 저녁에는 누가 외로이 자기 굴로 돌아갈까? 광대는 죽을 만큼 외로워서 자동응답기를 켜보지만 응답기에서 누구를 만날까? 제 어머니. 오직 어머니뿐이지.

짧은 침묵.

마르크 너를 너무 그런 상태로 몰고 가지 마.

이방 너를 너무 그런 상태로 몰고 가지 말라니! 누가 나를 이런 상태로 몰아넣었는데?! 난 너희들처럼 불만이 없어. 내가 누구지? 무게도 없고, 의견도 없는 놈. 난 실험용 잠수 인형이야. 언제나 그랬지!

마르크 진정해….

이방 나한테 진정해, 라고 말하지 말라고! 난 진정할 이유가 없어. 나를 미치게 만들고 싶다면 진정하라고 해! 진정하라는 말은 냉정을 잃은 사람에게 말할 수 있는 최악의 말이야! 난 너희들과 달라. 난 권위도 원치 않고, 기준이 되고 싶지도 않고, 나 스스로 존재하고 싶지도 않고, 그저 너희들의 친구 장난꾸러기 요정 이방이고 싶다고! 장난꾸러기 이방.

침묵.

세르주 우리가 비장함에 빠지지 않을 수 있으면 좋겠다만….

이방 난 말 다 했어.

뭐 먹을 것 없어? 쓰러지지 않으려면 뭐라도 먹어야겠어.

세르주 올리브 있어.

이방 줘봐.

세르주가 손 닿는 데 있는 올리브 그릇을 건넨다.

세르주 *(마르크에게)* 너도 먹을래?

마르크는 고개를 끄덕인다.

이방이 그에게 그릇을 건넨다.

그들은 올리브를 먹는다.

이방   …접시 없어?

세르주   있지.

세르주가 작은 접시 하나를 꺼내 식탁 위에 놓는다.

사이.

이방   (올리브를 먹으며)… 이런 극단상황에 이르다니….
          흰 화판 하나 때문에 이런 재앙이….

세르주   희지 않다고.

이방   흰 허접쓰레기…! *(그가 미친 듯이 웃는다.)* 흰 허접
          쓰레기 맞아…! 친구, 인정하라고…! 네가 그걸 산
          건 정신 나간 짓이야…!

마르크는 이방의 광기에 이끌려 웃는다.

세르주가 거실에서 나간다. 잠시 후 앙트리오스를 가지고 돌

아와 같은 자리에 놓는다.

세르주   *(이방에게)* 너, 자랑하던 그 수성펜 갖고 있어…?

이방   뭐하려고…? 그럼 위에 그릴 건 아니지?

세르주   갖고 있어 없어?

이방   기다려봐…. *(그는 자켓 주머니 속을 뒤진다.)* 있어…
       파란색이 있네….

세르주   줘봐.

이방이 수성펜을 세르주에게 건넨다.

세르주는 펜을 받아서 뚜껑을 열고, 잠시 펜 끝을 보고는 다
시 뚜껑을 닫는다.

그는 마르크를 향해 눈길을 돌리더니 펜을 그에게 던진다.

마르크가 그걸 잡는다.

가벼운 침묵.

세르주   *(마르크에게)* 해봐. *(침묵)* 해보라니까!

마르크가 그림을 향해 다가간다….

그는 세르주를 바라본다….

그러더니 펜의 뚜껑을 연다.

이방   설마 그러지 않을 거지…!

마르크는 세르주를 바라본다….

세르주   하라고.

이방   너희는 둘 다 똑같이 미쳤어!

마르크는 그림 높이에 맞춰 몸을 숙인다.

*이방이 질겁해서 바라보는 가운데 그는 펜으로 그림의 가로
선 하나를 따라 그린다.*

세르주는 무심하다.

*마르크는 비스듬한 선 위에 털모자를 쓰고 스키 타는 사람
을 조그맣게 정성껏 그린다.*

그림을 다 그린 뒤 그는 몸을 일으키고 자기 작품을 응시한다.

세르주는 꿈쩍하지 않는다.

이방은 돌처럼 굳었다.

침묵.

세르주 좋아. 나 배고파. 저녁 먹으러 갈까?

마르크가 슬며시 미소를 짓는다.
그는 펜 뚜껑을 다시 닫고 장난치듯 그걸 이방에게 던졌고,
이방은 그걸 받는다.

                                    *

세르주의 집.

안쪽 벽에 앙트리오스가 걸려 있다.

그림 앞에 선 채 마르크는 물이 든 용기 하나를 들고 있고, 거기에 세르주는 작은 천조각을 담근다.

마르크는 셔츠 소매를 걷어 올렸고, 세르주는 페인트칠용 짧은 앞치마를 걸쳤다.

그들 옆에 몇 가지 물건이 보인다. 화이트 스피릿[4] 병, 진홍색 물, 헝겊과 스펀지…

세르주는 아주 세심하게 그림 청소를 마무리 짓는다.

앙트리오스는 원래의 흰색을 되찾았다.

마르크는 용기를 내려놓고 그림을 바라본다.

세르주는 이방 쪽으로 돌아서서 멀찍이 앉는다.

이방이 고개를 끄덕인다.

세르주는 뒤로 물러나서 작품을 응시한다.

침묵.

이방   *(혼잣말하듯. 살짝 죽인 목소리로 우리 모두에게 말한다)* …결혼식 다음 날 카트린은 몽파르나스 묘지의 죽은 어머니 무덤에 신부 부케와 혼례용 당과

---

4) 페인트 희석제.

한 봉지를 갖다두었죠. 나는 예배당 뒤에 숨어 울었고, 저녁에는 그 충격적인 행위를 다시 생각하며 내 침대 속에서 조용히 다시 흐느꼈습니다. 나는 나의 우는 성향에 대해 핑컬존에게 말해야만 했죠. 걸핏하면 우는데, 내 나이의 남자에게는 정상적이지 않은 일이지요. 이 증세는 세르주의 집에서 흰 그림을 보던 날 저녁에 시작된 게 분명해요. 세르주가 순수한 광기 행위를 통해 마르크에게 자신이 자기 그림보다는 친구를 더 소중히 여긴다는 걸 보여주고 나서, 우리는 레스토랑 에밀로 저녁식사를 하러 갔지요. 에밀에서 세르주와 마르크는 사건과 말로 무너진 관계를 다시 세우기로 마음먹었고요. 어느 순간 우리 중 한 사람이 "수습기간"이라는 표현을 썼고, 나는 눈물을 흘렸답니다.

우리의 우정에 붙인 "수습기간"이라는 표현이 내 안에 엄청난 지진을 일으켜 도무지 제어할 수가 없었지요. 사실 나는 이제 어떤 이성적 논쟁도 견디지 못합니다. 세상을 만든 모든 것, 이 세상에서 아름답고 위대한 모든 것은 결코 이성적인 논쟁에서

탄생하지 않잖아요.

사이.

*세르주는 손을 닦는다. 그는 물이 든 용기를 비우더니 모든
물건을 정리하기 시작한다. 청소의 흔적을 말끔히 지운다.
그는 자기 그림을 다시 한번 바라본다. 그러곤 뒤로 돌아서
더니 우리를 향해 다가온다.*

세르주   폴라가 처방해준, 소 담즙으로 만든 스위스 비누
를 써서 마르크와 내가 스키 타는 사람을 지우는
데 성공했을 때 나는 앙트리오스를 응시했고, 마르
크를 향해 돌아보고 말했습니다.
　―수성펜이 씻긴다는 것 알았어? 마르크는 대답했
어요. ―아니… 몰랐어… 너는? ―나도 몰랐어, 라
고 서둘러 거짓으로 대답했습니다. 순간적으로 나
는 알았다고 대답할 뻔했지요. 우리의 수습기간을
그렇게 실망스러운 고백으로 시작해서야 되겠습니
까…? 그런데 속임수로 시작해도 될까요…? 속임수

라니! 과장하진 말자고요. 이 어처구니없는 덕행이 어떻게 내게 떠올랐을까요? 마르크와의 관계는 왜 이토록 복잡해질까요…?

조명이 점차 앙트리오스만 비춘다.
마르크가 그림 가까이 다가간다.

마르크   흰 구름 아래 눈이 내립니다.
흰 구름도, 눈도 보이지 않습니다.
추위도 바닥의 하얀 빛도 보이지 않고요.
한 남자가 홀로 미끄러지듯 스키를 탑니다.
눈이 내립니다.
남자가 사라지고 눈에 보이지 않을 때까지 눈이 내립니다.
오랜 친구 세르주가 그림을 하나 샀어요.
160×120센티 정도 크기이고,
공간을 가로지르다가 사라지는 한 인간을 그린 그림이지요.

아트

첫판 1쇄 펴낸날 2024년 10월 18일

지은이 | 야스미나 레자
옮긴이 | 백선희
펴낸이 | 박남주

펴낸곳 | (주)뮤진트리
출판등록 | 2007년 11월 28일 제2015-000059호
주소 | 서울시 마포구 토정로 135 (상수동) M빌딩
전화 | (02)2676-7117 팩스 | (02)2676-5261
전자우편 | geist6@hanmail.net
홈페이지 | www.mujintree.com

ISBN 979-11-6111-136-0 03860

* 책값은 뒤표지에 있습니다.